ODES ROYALES

SVR

LES MARIAGES

DES

PRINCESSES

DE NEMOVRS.

(par l'abbé Cottin)

ADVERTISSEMENT.

L ne pouuoit rien arriuer de plus illuſtre à la France, ſous le Regne triomphant de Louïs XIVe. que les celebres Mariages de Meſdemoiſelles de Nemours. La fortune du premier Monarque du monde, s'eſt également declarée en faueur de ces deux Princeſſes, auec cette ſeule difference, que ſi le Roy a donné l'vne, on luy a comme enleué l'autre.

Malgré les ialouſies d'Eſtat, on a enfin acheué la choſe du monde la plus trauerſée, & qui tenoit en ſuſpens les vœux & les eſperances de tant de Souuerains & de tant de peuples.

On eſt icy accouru des Royaumes étrangers pour Mademoiſelle de Nemours, & pour Mademoiſelle d'Aumale ; & de la ſainte Solitude où elles eſtoient comme enſeuelies, on les a placées ſur le Troſne.

Le bon-heur d'vne telle entrepriſe m'a parû ſi merueilleux, que i'ay penſé qu'aprés mes Nopces ſacrées du Cantique, aprés mes

A iij

Nopces Royales de l'Inuincible Louïs, & de l'Augufte Therefe, ie pourois meriter quelque loüange, s'il me reftoit encore affez de vigueur,& de genie pour m'éprouuer en vne fi grande & fi fauorable occafion.

Que ie ferois heureux fi mon Tableau pouuoit répondre à l'excellence de l'original! Quelle feroit ma bonne fortune, fi ie pouuois dignement reprefenter quelques-vnes des graces de ces incomparables Sœurs qui m'ont choifi pour leur Peintre!

Quelle joye & quelle gloire, fi rien ne manquoit ny à la grandeur du deffein, ny à la beauté de l'ordonnance; non plus qu'à la hardieffe du trait, & à la force de l'expreffion!

I'aurois dequoy me vanter de n'auoir pas feulement fuiuy,mais d'auoir paffé les maiftres de l'Art; quoy que l'on ait dit de ce beau feu des Anciens, dont il ne refte guere aujourd'huy que l'admiration & la memoire.

Comme ie fuis bien éloigné d'vne fi haute pretention; c'eft affez pour moy de rendre maintenant publique la veneration que j'ay toûjours eüe pour des Beautez veritablement fouueraines; & d'effayer en cette rencontre de faire, comme on m'a dit, l'honneur de la France. Ce qui m'a confirmé dans ce deffein, c'eft que l'Academie Françoife, toute feuere qu'elle eft, n'a pas defaprouué vne fi belle tentatiue. Quoy qu'il en foit, je m'abandon-

ne à la fortune ; elle poura ſe declarer en ma
faueur. Au moins ſuis-je en quelque droit
d'eſperer que le ſçauant & le genereux Duc
Eueſque de Laon, qui m'a toûjours honoré
de ſon amitié, ne me refuſera pas ſon ſuffra-
ge : Luy qui a l'honneur d'appartenir de ſi
prés à ces deux grandes Princeſſes : Luy dont
l'eſprit & le cœur ont eu tant de part au ſuc-
cés glorieux de ces alliances.

Pour mes Vers, ie les donne icy ſelon l'or-
dre du temps que les choſes ſont arriuées ; &
cela par l'auis des Dames, qui m'ont aſſuré,
que la Poëſie ne regle point le rang des Souueraines.

SVR LE SVIET DES ODES
suiuantes.

MADRIGAL.

CHarmé du double hymen des deux
   Royales Sœurs,
Dont l'Empire est si grand & si doux sur les
cœurs,
   Le Dieu des vers vient publier sa joye;
Il vient chanter d'vn ton, qui souffre peu
d'égal
   L'Amour vainqueur de la Sauoye,
Et triomphant du Portugal.

      Le C. D. M.

POVR
LES NOPCES
DE
MARIE IEANNE BAPTISTE
DE SAVOYE,
PRINCESSE DE NEMOVRS,

AVEC
CHARLES EMANVEL
DVCDESAVOYE,
Roy de Chypre.

ODE.

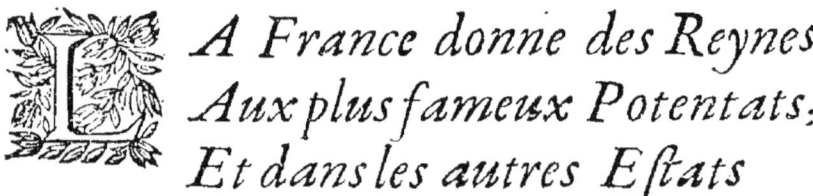

A France donne des Reynes
Aux plus fameux Potentats,
Et dans les autres Eſtats
Elle fait des Souueraines :
Son Roy, l'exemple des Roys,
Porte auſsi loin par leurs charmes,
Que par la force des armes
L'honneur du Sceptre François.

La Seine porte des Cygnes,
Qui font infpirez des Dieux ;
Leurs chants fi melodieux
En font des preuues infignes :
Par cet Hymen réioüis
Ils s'accordent à ma Lyre,
Et prennent plaifir à dire
Les merueilles de Loüis.

Celuy qu'vn fi grand Monarque
A daigné fauorifer
Eft en droit de méprifer
Les menaces de la Parque ;
Plein de la Diuinité
Chez les neuf fœurs il va boire
A la fource de la gloire
L'eau de l'Immortalité.

Plus éleué que les Nües
Il void les Alpes plier,
Et le front s'humilier
De ces Montagnes chenües :
Princeſſe, il void ſous vos pas,
Comme campagnes vnies,
Tant de roches aplanies
Faire hommage à vos appas.

Tous ces affreux precipices,
Que l'œil n'oſoit regarder
De peur de vous retarder
Se comblent ſous vos auſpices :
Et des torrens emportez,
La courſe tumultueuſe
Deuient plus reſpectueuſe
A l'aſpect de vos beautez.

On ně void au lieu de glace,
Que les Lis de voſtre ſein;
Où les Amours font deſſein
De prendre bien-toſt leur place:
Déja de leurs doux ſoûpirs
Ils friſent les belles ondes
De vos boucles vagabondes
Et paſſent pour des zephirs.

Ainſi les belles Pleiades
Parent la terre de fleurs,
Et par leurs tiedes chaleurs
Font raieunir les Driades:
Ainſi dans Chypre arriuant
Malgré la Mer, & ſa rage
Venus diſſipe l'orage,
Et fait enchaîner le vent.

Le Iupiter de Sauoye,
Qui vous prend pour sa Iunon
De son cœur vous fait vn don,
Et du vostre il fait sa ioye :
Les plaisirs & les Amours
Acheueront sa conqueste,
Et iamais plus belle feste
N'a couronné ses beaux iours.

Dieux que son Epouse est belle !
Que ses yeux sont pleins d'ardeur !
De ces Astres la splendeur
Chaque iour se renouuelle :
Quand les peuples par leur choix
Disposerent des Couronnes ;
C'estoit de telles personnes,
Qu'ils faisoient Reynes & Roys.

De port, de taille, & de mine
Ce Prince reſſemble aux Dieux;
Mars & l'Amour dans ſes yeux
Marquent ſa haute origine:
Tel entre les grands partis,
Dont le Ciel vid l'aſſemblée,
Parut le ieune Pélée
Deuant la belle Thetis.

Au terrible art de la Guerre
Il meſle des arts plus doux;
L'Eſpouſe d'vn tel Eſpoux
Eſt le bon-heur de la Terre:
Tout ce qui verra le iour
Sous vne telle puiſſance
Leur doit rendre obeiſſance
Par reſpeᵭ, & par Amour.

Thurin que le Roy des fleuues
Arrose de flots d'argent
Du Ciel le plus indulgent
Tu reçois toutes les preuues:
Ce seroit temerité
Que de vouloir faire entendre
A quel point se doit estendre
Ta longue prosperité.

Ma Lyre à ce coup riuale,
De celle, qui luit aux Cieux,
Fait asseoir entre les Dieux
Vne Princesse Royale:
Par de magnifiques sons
Sa gloire se manifeste;
Et le grand Cygne Celeste
Applaudit à mes chansons.

L'ABBE' COTIN.

ADIEV,

A LA PRINCESSE DE NEMOVRS
allant en Sauoye.

MADRIGAL.

Allez receuoir la Couronne,
Que la sagesse donne
De concert auec la beauté
Quand elle est jointe à la haute naissance;
Et que du Dieu d'Amour la suprême puis-
sance
Offre au Roy des Amans ce qu'il a merité.

COTIN.

SVR

L'EMBARQVEMENT

DE

LA REYNE

DE PORTVGAL.

Il s'adreſſe au vent du Nord pour la conduire
de la Rochelle à Liſbonne,

ODE.

Onarque imperieux de la froide
    Scytie,
    Toy qui maîtriſes le Nort
    Au nom de ton Orythie
    Ie te demande vn effort :
Les Graces que tu vois Compagnes de la flote,
Ou l'Auguſte Iſabelle implore ton ſecours ;
    Si tu n'aydes leur pilote
    Eſperent peu de beaux iours.

B

Le Zephire amoureux vainement se presente
Comme le pere des fleurs,
Dont cette Reyne éclatante
Porte en son teint les couleurs :
C'est de toy que depend la fameuse entreprise,
Ainsi qu'en Lettres d'or il est écrit aux
Cieux
Et sans l'agréable Byse
Ce voyage est ennuyeux.

D'vn calme paresseux la flotte retenüe
Vogueroit trop lentement,
Sans ta force reconnüe
Sur l'vn & l'autre Element :
Et du Lion des Cieux la brûlante colere
Pourroit bien parmy nous causer quelque
malheur
Si ton souffle ne modere
Son excessiue chaleur.

Du ſuccez de mes vœux ie neſuis plus en dou-
      Le Ciel eſt luiſant & pur ;   [te,
      Et l' Aquilon qui m'écoute
      Friſe l'ondoyant AZur ;
La beauté qui de l'onde a pris ſon origine
En pompe ſe promeine autour de nos vaiſ-
ſeaux ;
      Et ſur ſa Conque marine
      Preſide aux Nymphes des Eaux.

A flots longs & creſpez ſa cheuelure blonde
      Bat l'yuoire de ſon corps ,
      Qui mobile au gré de l'onde
      Montre & cache ſes treſors :
Ses yeux noirs & perçans penetrent toutes
choſes ,
Leur immortel éclat eſt le charme des yeux,
      Et de ſa bouche de roſes
      Le parfum rauit les Dieux.

                                       B ij

Elle s'exprime ainſi. Belle , & ſage Prin-
ceſſe
　　Ne crain ny bancs ny Rochers ;
　　Il n'eſt danger qui ne ceſſe
　　Sous tes habiles Nochers :
Sur la foy de Thetis, ſur la foy de Neptune
Ie te viens aſſurer de l'Empire des flots,
　　Et l'Amour, & la Fortune
　　Conduiſent tes matelots.

Le Deſtin de Loüis a qui tout autre cede
　　Se declare en ta faueur;
　　Quand on reclame ſon aide
　　C'eſt vn Iupiter ſauueur :
De ce Prince indompté la fatale Banniere
Eſclate ſur la route ou l'Hymen te con
duit ;
　　Son éclat vaut la Lumiere
　　De tous les feux de la Nuit.

Des tonnerres de Mars ce Monarque est
   le Maistre,
      Les Arts nourrissent la Paix,
      Que sa valeur a fait naistre
      Sous les Oliuiers épaix :   [questes
Quand Loüis commençoit ses premieres Con-
Il desarma l'orgueil de la Rebellion,
      Et mit à ses pieds les testes
      Et de l'Hydre & du Lyon.

LOVIS a decidé du sort des Diadesmes
      Comme Arbitre de ces Roys,
      Que leurs fortunes supresmes
      Ont mis audessus des Loix :
Il meine dans son char la Force, & la Vi-
   ctoire,
Ses Lys ont fait paslir les Astres du Leuant:
      I'en conterois bien l'histoire,
      Mais i'arresterois le vent.
                 B iij

Ainſi chante Venus ; les neuf doctes pucelles
    Maîtreſſes de l'auenir
    De ſes chanſons immortelles
    Garderont le ſouuenir :
C'eſt d'Elles que ie tiens le beau feu qui
    m'inſpire ,
Par leurs ſaintes fureurs mon cœur eſt agité,
    Leurs doigts accordent ma Lyre
    Au ton de l'Eternité.

Le vent eſt redoublé ; Venus & ſon Eſtoile,
    Aſtre des Epoux chery ,
    Le preſſent d'enfler la voile
    Pour vn Roy leur fauory :
Pour vn Roy triomphãt ſur les riues du Tage
Vers qui ie voy voler les Ieux & les
    Amours ,
    Et luy porter le meſſage
    Du plus fortuné des jours.

O *Dieux quelle moisson de plaisirs, & de*
    charmes!
        Que d'heureux, & doux transports
        Chassent les tristes allarmes
        De Lisbonne & de ses Ports!
Isabelle y conduit la Ioye, & l'Abondance,
La Concorde, la Foy, l'Honeur & la Beauté;
        Ses Vertus, & sa Naissance
        Demandoient la Royauté.

COTIN.

POVR
LES NOPCES
DE
MARIE FRANCOISE ELIZABETH
DE SĂVOYE,
DVCHESSE DE NEMOVRS,
ET D'AVMALE,
AVEC
ALPHONSE SIXIESME,
Roy de Portugal.

ODE.

Es doux accens de ma Lyre
Paſſeront à nos Neueux,
Ie ſens propice à mes vœux
La PRINCESSE qui m'inſpire ;
Elle vient tout enchanter
Sur les fameux bords du Tage,
Et i'en reçoy l'auantage
De prédire, & de chanter.

Le Ciel, apres les nüages,
Découure ses champs d'azur,
Et l'Air est luisant, & pur
Apres les plus noirs orages :
Tout le monde a des reuers,
Soit l'Espagne, soit la France,
Et la maison de Bragance
Suit le sort de l'Vniuers.

Tantost sa Nef vagabonde
Heurte contre les Rochers ;
Tantost ses hardis Nochers
Maîtrisent le vent & l'onde :
Enfin, malgré les hazards,
Parmy les bancs, & les Syrthes
ALPHONSE cueille des Myrthes,
Dignes du front des Cesars.

A cette heureuse alliance
Où ses desirs sont bornez,
Tous les Astres fortunez
Ont promis leur influence :
Les grands Arbitres des Cieux,
Iupiter, & Cytherée
De la Campagne Etherée
Ont banny les tristes Dieux.

Que ce Prince est inuincible,
Qui pour deffendre les droits
De la Iustice des Roys
Ne trouue rien d'impossible !
Qu'auguste aux yeux de sa Cour
Paroist la grande ISABELLE *!*
Et que l'alliance est belle
De l'honneur, & de l'Amour !

L'Hymen à ce iour de gloire
Le plus triomphant des Dieux,
Belle Reyne, dans vos yeux
Fait éclater sa victoire :
Il attaque vostre cœur
Par la douce sympathie,
Et fait si bien sa partie,
Qu'il en demeure vainqueur.

Toûjours belle, & toûjours sage,
La Reyne aux yeux éclatans
A ramené le Printemps
Sur les bords fleuris du Tage :
Par vn miracle éuident
La grande feste s'acheue ;
Ce nouueau Soleil se leue,
Où l'autre a son occident.

De cette beauté supresme
Tout le monde est enchanté,
Et sa douce Maiesté
Fait honneur au Diadesme :
Dieux qu'elle est digne d'encens !
Et qu'il fait beau voir les Graces
Suiure ses Royales traces
Auec les Ieux innocens.

Les Amours portent sa robe
Où l'on void briller dans l'or
Le plus precieux thresor
Qu'aux bords de l'Inde on dérobe :
Le beau feu des Diamans
Allume la broderie,
Et la Princesse cherie
Embellit ses ornemens.

Le Manteau de l'Heroïne
Tiſſu de la main des Dieux,
Des Souuerains ſes Ayeux
Eſtale icy l'origine ;
Là renaiſſent leurs Lauriers
Sur vn fonds d'or & de ſoye,
Et du Ciel l'ardente voye
S'ouure à leurs actes guerriers.

Le grand temple de la Gloire
Par cent ouurages de prix,
Des Alphonſes, des Henrys
Y conſacre la Memoire ;
Liſbonne y cede à ſon Roy
Malgré la brigue obſtinée,
Et la Diſcorde enchaînée
Remplit l'Eſpagne d'effroy.

La fortune l'abandonne
Pour suiure le Portugal,
Et de leur sort inégal
Toute l'Europe s'estonne :
De frayeur sous les roseaux
L'Ebre* en a caché sa teste,　　　* Fleuue
Et l'horreur de la tempeste　　　 d'Espagne.
A couuert toutes ses eaux.

Apres auoir pris l'épée
Des propres mains de Themis,
Dans le sang des Ennemis
La victoire la trempée ;
Et pour la gloire des Loix,
Sur le champ des funerailles
Cette Reyne des batailles
Iuge la cause des Roys.

Ainſi dans l'iniuſte guerre,
Où s'armerent les Titans,
Ces énormes combatans
Tomberent ſous ſon tonnerre :
Aprés ces monſtres défaits,
Iupiter en aſſeurance
Crût deuoir ſa déliurance
A l'equité de ſes faits.

Quand Mars, & Diane enſemble
Brûleront de meſme ardeur ;
Le Portugal en grandeur
N'aura rien qui luy reſſemble :
C'eſt ce qu'aux ſaintes foreſts
Où les Dieux font leur retraite,
Chantoit Moyſe l'Interprete
Du Ciel & de ſes decrets.

D'ALPHONSE

D'ALPHONSE, & de sa PRINCESSE
L'indissoluble lien
De cet Oracle ancien
A degagé la promesse:
Aux deux bouts de l'Vniuers
La nouuelle en fût semée;
Du iour que la Renommée
Eust pris le soin de mes Vers.

L'ABBE' COTIN.

CÆSARI D'ESTRÉES
LAVDVNENSIVM EPISCOPO,
Duci & Pari Franciæ.

Εὐπρακτεῖν.

OMnia vt hoc in opusculo Regia forent, tibique impensius placerent, Ecclesiæ princeps Illustrissime, Epithalamiis fœminarū principū quibus tot nominibus te debes, pauca quædā ex nostris inscriptionibus in laudem LODOICI Regis διοτρεφέος excerpta, attexenda censuimus. Hæc olim hortatu viri, qui iubere potuisset, faciebamus; Viri, si præ modestia eius dicere licet, in politicis præcipui, Mercurialiumque virorum in Gallia, vt & vbique Gentium, vigilantissimi custodis.

Primo ædium Regiarum
Lapidi insculpendum.

Basilicâ tandem consummatâ, opere stupendæ artis, atque molis. LODOIC. XIV. Franc. & Nau. Rex Christianiss. Lapidem istunc posuit, manu qua cuncta mouet, fouetque.

Ann. Rep. sal. CIƆ. D. C. LXV.

ALTERA EPIGRAPHE.

In tabulis marmoreis.

TRiumphatis hoſtibus, terrâ, marique
Victor; pace domi foriſque conciliatâ:
Regio Ærario ab exactoribus vindicato;
Themide, ac Muſis in priſtinum ſplendo-
rem reſtitutis: Hæreſibus extinctis, vel ſo-
pitis, Hæreſeumque arcibus nominis ma-
ieſtate expugnatis, LODOIC. XIV. Trium-
phator pacificus, hocce opus Regium, quod
vnum pro cunctis Fama loquatur, à Patre,
Auoque Regibus inuictiſſ. nondum per-
fectum; Nunc tandem omnibus abſolu-
tum numeris æternæ rerum memoriæ con-
ſecrauit.

Dunker. Recup.

MAgnis quidem opibus ; fed maiori prudentiâ ac pietate, LODOIC. XIV. Vrbem Arcefque Mari, ac Religioni infenfas, Aris, Deoque reftituit. Quid, & quantum impenderit, remittas quærere : Nullus fiquidem eft rerum tam parum æquus æftimator, qui Gallici Imperij faluti, Famæ totius orbis, Religionis fecuritati, opes quantumuis ingenteis anteponat. Quot, obice tanto, fractæ funt Aquilonis procellæ ! quot fluctus maris æftuantis, & murmure quanto detumuerunt ! huic tam fœlici triumpho iam olim præluferat fapientiff. Regis πολιτεία, eo quo flagrat auitæ Religionis amore, cuius eft retinentiffimus.

LOTHARINGIA SVPPLEX.

Tabulis æneis insculpendum.

SYluas Lotharingiæ peragrat fortis Ve-
nator Lodoicus; clauftrifque fractis, tru-
culentum Aprum curfu infectatur, iaculatio-
ne confoſſurus , niſi ad perfequentis pedes
procubuiſſet. Cæterum inſtar refectionis
exiſtimans laboris mutationem , Germaniæ
luſtrare faltus, excutere cubilibus feras, Leo-
nifque Belgici ramis fufpenfo rictu, Herculis
æmulator , Pietati ac Iuſtitiæ , cuius aufpi-
ciis auctum eſt Imperium ; Nec non PACI,
ac MVSIS facrum facere , fui muneris eſſe
duxit artibus pacis , & belli Princeps inſtru-
ctiſſimus.